KB119480

꽃의 권력

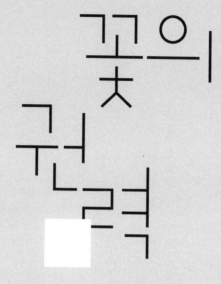

꽃의
권력

시인수첩 시인선 006

고재종 시집

오 문학수첩

포르투갈의 시인 페르난두 페소아는, 임대 아파트에 혼자 기거하면서 자기가 사는 도시 구석구석을 매일 어슬렁거렸다. 그리고는 돌아와서 '사실 없는 자서전'이자 '삶이 없는 인생 이야기'라는 불후의 명작 『불안의 서』를 썼다. 그런 시인의 임종 때 가족들은 담당의가 들어오자 "들어오세요, 박사님. 들어오시라고요. 아무짝에도 쓸모없는 인간이 여기 있답니다."라고 말했다 한다. 젊었을 때 페소아를 삶과 문학의 지표로 삼았던 전직 자물쇠공이자 독학자인 노벨상 수상작가 주제 사라마구는 시인의 묘 앞에서 시인의 시를 낭독하고는 비장하게 말했지. "여러분! 여기 페소아가 있소!"

2017년 입추
고재종

| 차 례 |

2부

3부

4부

해설 | 이숭원(문학평론가)

1부

구도자

나무는 결가부좌를 튼 채 먼 곳을 보지 않는다
나무는 지그시 눈을 감고 제 안을 들여다보지 않는다

메마르고 긴 몸, 고즈넉이 무심한 침묵
나무는 햇살 속을 흐른다 바람은 나무를 관통한다

나무는 나무이다가 계절이다가 고독이다가 우주이다가
스스로 아무것도 아닌 나무이기에 나무이다

제 머리숲을 화들짝 열어 허공에 새를 쏘아 댄들
나무는 거기 그만한 물색의 한 그루 나무로 서 있다

꽃의 권력

꽃을 꽃이라고 가만 불러 보면
눈앞에 이는
홍색 자색 연분홍 물결

꽃이 꽃이라서 가만 코에 대 보면
물큰, 향기는 알 수도 없이 해독된다

꽃 속에 번개가 있고
번개는 영영
찰나의 황홀을 각인하는데

꽃 핀 처녀들의 얼굴에서
오만 가지의 꽃들을 읽는 나의 난봉은

벌 나비가 먼저 알고
담 너머 大鵬도 다 아는 일이어서

나는 이미 난 길들의 지도를 버리고

하릴없는 꽃길에서는
꽃의 권력을 따른다

강의 노래

일렁이고 반짝이는 강물의 오랜 노래 하나는
강변에 앉은 연인들의 심금을 뜯어 대는 데 있네

강물 위로 은어 떼가 튀는 것하며
물오리가 다다다다 물을 차고 날아오르는 것도

스쳐 오는 강바람 한 자락 함께 진저리치는
사랑의 오래고 오랜 풍습이라네

슬픔의 긴 流跡 같은 강물이 나직나직 속삭이는 건
강변 마을에 우뚝한 느티나무의 시간들, 너머

강바닥 조약돌까지 투명하게 비춰 내는 순정파들의
맨 처음 고백 같은 것에 대하여서라네

그때 여기, 같이 앉았던 사람의 갈대숲에 대하여
크게 빛나는 눈물을 가리던 모래바람에 대하여

그리고 이제는 이따금 날아든 해오라기가
외발로 서서 길게 고개 드는 서녘 놀에 대하여, 다시

노래하고 반짝이는 강물의 오랜 전통 하나는
타는 울음을 다독이며 멀리 세월을 빗는 일이라네

창

미소란 땅 위에 하늘이 잠시 나타나는 것[*]

누군가 陶彫로 구워 낸
길고 가는 눈이 감겨 있는 여인상,
참 좋은 꿈을 꾸는 듯
몽상에 잠긴 듯
참선 중 깨달음의 한 점에 든 듯

미소는 구름처럼 떠 있다

마치 중국 한의 무덤에서 출토된
토용의 여인상 같은
욕심내는 것도 없이
욕심내어 가닿을 데도 없이
미소 자체만을 미소하며
스스로 빛을 발하고 있는

미소, 미소의 육신은

그 미소 속으로 사라진다

더없이 무심하고
그지없이 소박한
사람이 어쩌다 한번쯤 지을 수 있는 미소는
자기 안의 부처가 잠시 꽃을 들어 보인 것

* 크리스티앙 드 바르티야

버터플라이피시

튄다, 버터플라이피시

날기를 꿈꾸어 나비가 아니어서
물속에 살아
물고기일 수만도 없어서

튄다, 버터플라이피시
다만 수면 위로 튀면

여기 바다의 사막은 없고
저기 하늘의 파도는 없다

고통과 황홀의, 뜨거운 사정 같은
격렬한 몸짓만
고독하게 반짝일 뿐

길은 없다, 버터플라이피시

한 번은 사랑을 꿈꾸고
아홉 번은 절망을 해서 튈 뿐

길의 경전이 없는 실망을
거부하지 않는다

길이 없어 튄다, 버터플라이피시

공화

800여 년 전 진흙으로 지은 사원,
서아프리카 말리에 있는
젠네의 대사원에선
일 년에 한 달씩 온 무슬림이 나서서
풍우에 씻긴 진흙사원을 보수한다.
진흙강에서 뒹구는
진흙투성이 아이들은 오로지
반짝이는 눈빛 하나로 진흙을 퍼 나르고
진흙강에서 빠져나온
물기 젖은 아낙들은 미끈한 몸
전체로 춤을 추며 물을 이어 나르고
높이에의 절대적 갈망이 낳은 사원의
진흙벽에 붙은 청년들은
신의 아교질인 양 진흙을 바르는 동안,
장로들은 진흙밭에 서서
경건한 침묵으로 축제를 지휘한다.
알라후 아크바르, 알라후 아크바르,
처녀애들이 팽팽한 유방을 튕겨 대며

절구질한 곡식으로 만든 밥을
성찬 삼아 아주 조금씩 나누어 먹고
사원 뒤 먼 하늘로
주황빛 노을이 은총처럼 번져갈 때,
모두가 사원을 향해 엎드려 절을 하면
거기 폐허조차 꿰뚫을 수 없는 진흙땅에
거룩한 시간이 잠시 스치는 걸
누구나 진흙 눈 닦고 한번쯤은 볼 일이다.

산에 다녀왔다

유난히 연둣빛이 번지는 산에 다녀왔다
오늘 또 한 생을 묻고 돌아온 산엔
파닥이는 바람 소리 아플 때까지
산벚꽃 펄펄 날렸다

집 없으면 거지요
걸릴 것 없으면 스님이라던가
집도 절도 없이 寒酸한 마음의 한산은
날리는 산벚꽃 낱낱으로
반짝거렸다

수십여 년 길을 물었으니
너럭바위에 꽃 피고 지길 몇 번이던가
누구나 항복하기 전에 이미
연둣빛에 들키고 지는 꽃잎에 잡히지만

서럽고 애달픈
어머니 울음 같은 것들의 내력을 건너

꽃으로도 꽃 피지 않고
잎으로도 잎 지지 않을 일의
도모이거니

유난히 연둣빛이 한창인 산에 다녀왔다
한 길을 묵묵히 보내고
또 한 생을 받고 돌아오는 일은
늘 외롭고 장엄한 일이었다

어머니의 집

평해 건너 먼 길 떠난 어머니의 빈집*을
서울에서 잠시 돌아온 아들이 제초를 한다
수국이 벙글고 자귀꽃이 합환하는
어머니의 기도로 빛나던 집을 닦아 내며
참취밭의 개망초 같은 마음도 제초 한다
지구가 네모난 것으로 알던 아주 오랜 옛날
어떤 부족에겐 내일아침 태양이 변함없이 떠오르길
기도하는 직책의 제사장이 있었다고 하지
그처럼 어머니는, 동란에 무너진 아버지와
머리에 인 오징어광주리로는 차마 못다 가르친
자식들의 아침을 앞바다 위로 밀어올리곤 했다
생계를 위해 그 바다를 건넌
또 다른 자식을 찾아 떠난 어머니,
이튿날 아침 찬란하게 떠오르는 태양을 보면서
자기의 기도가 효험이 있어서 다시 이렇게
태양을 맞이할 수 있다고 믿었던 그 제사장의 감격
같은 것으로 어머니는 늘 기도했겠지만,
그 눈물의 기도를 정금 같은 시로 바꾼 아들이

집 뒤에 앉힌 기도소를 닦아 내고
도라지밭에 푸르스름한 자줏빛 종을 내걸어도
바다를 건넌 어머니는 이제 돌아오실까
빈집은 차라리 휘파람새가 휘파람 불고
밤꽃이 밤꽃 향기로 아우라를 치면서
해종일 구슬땀 쏟다 우두망찰,
바닷가 황혼 녘에 지펴지는 다비식 보는 아들의
뿌옇게 지워지는 눈빛 속에나 잠길까

* 경북 울릉군 평해면의 김명인 시인의 옛 생가

소나무는 푸르다

소나무 한 그루 뜨락에 있었더니
소나무는 거기 그대로
진즉에 푸르다

소나무야 소나무야 언제나 푸른 네 빛,
노래해도 소나무는 거기 그대로다

소나무는 굴곡이 생명이매
소나무는 몸을 한 번 더 뒤틀었으면,
바래도 소나무는 푸르다

바람을 빗질하는가, 고요한 소나무
숫눈을 뒤집어쓰는가, 가만한 소나무
홀로 허공 청람을 머리에 인 소나무는
거기 머무는 소이연이랄 것도 없이

소나무는 내가 자꾸 장난하여도
소나무는 아무것도 하지 않는데

아무것도 하지 않는 것도 없이

소나무는 진즉에 거기
소나무는 그대로 뜨락에 푸른가?

밤의 초대

밤은 으밀아밀 저녁 어스름을 보내더니
순식간에 낮의 빛과 영광을 저며 버린다.
수수께끼와 같이 알 수 없는
어쩌면 사립짝에서 길게 아이를 부르는
어머니의 목소리 같은 저밈
사이로 밤은 해명할 수 없는 눈짓을 보낸다.
검은 우단을 펼친 창공의 성좌들을 벼리는
그 눈짓은 부드럽고 아득할 뿐,
그래서 밤은 여성적으로 무한한 무엇과 함께
누구라도 자기 자리에 이르게 한다.
젖어 드는 밤이슬의 영롱한 목소리에 들린 듯
무엇인가를 찰나에 해명해 주고
그 무한을 들이마시게 해 주는 밤은
또 그것이 전부는 아니라는 듯 뒤로는
밤안개의 아우라를 흐르게 한다.
무엇을 찾으려는 듯 밤새도록
숲과 들판을 이리저리 헤매던 바람도
풀벌레 소리도, 그리하여 여기

지금 중에는 잠잠 서늘해지고
덧없는 사랑으로 길 잃은 외로운 꿈들을
자기 자신 속으로 흡입해 버린다.
밤은 멀리서 울려오는 정적의 메아리로
낮의 빛과 영광을, 번지는 먹과 같은
긴 幽玄 속으로 속속들이 초대해 버린다.

숲길

벌거벗은 나무들의 숲은
서늘한 명상만을 전입시키는
고요의 사원이다
난 나의 숨소리마저 두렵다
잔바람에도 떨리는 나뭇가지는
나의 영혼이 우는 소리,
이쯤에서 관능을 휴식한다
벌거벗은 나무들의 숲은
깊은 정적과 말없이 매혹하는
강력한 무기를 지녔다
그걸 무어라고 해야 하나
무슨 짐승인가 바스락거리는
소리에도 넓어지는 침묵의 면적,
나는 나의 말을 버리면
벌거벗은 나무들의 숲에선
말 이전 것들이 마음을 건드리고
나는 새로이 나 혼자다
혼자 이룩한 이 숲길에서

언제부턴가 박탈당했던
한가한 시간이라도 더듬다 보면,
시방 그것이 무슨 새소리거나
먼 데서 오는 솔바람인들
되레 청맹과 난청 속에 끼끗한 건
나무들의 우듬지,
그 끝이 만지는 허공의
유록빛 길이 외롭고 높고 환하다

황혼에 대하여

마음이 경각에 닿을 듯
간절해지는 황혼 속
그대는 어쩌려고 사랑의 길을 질문하고
나는 지그시 눈을 먼 데 둔다.
붉새가 점점 밀감빛으로 묽어 가는
이런 아득한 때에
세상은 다 말해질 수 없는 것,
나는 다만 방금까지 앉아 울던 박새
떠난 가지가 바르르 떨리는 것하며
이제야 텃밭에서 우두둑 펴는
앞집 할머니의 새우등을 차마 견딜 뿐.
밝고 어둔 것이 서로 저미는
이런 박명의 순순함으로
뒷산 능선이 그 뒤의 능선에게
어둑어둑 저미어 안기는 것도 좋고
저만치 아기를 업고 오는 베트남여자가
함지박 위에 샛별을 인 것도 좀 보려니
그대는 질문의 애절함을

지우지도 않은 채로 이제 그대이고,
나는 들려오는 저녁 범종 소리나
어처구니 정자나무가 되는 것도 그러려니
이런 저녁, 시간이건 사랑이건
별들의 성좌로 저기 저렇게 싱싱해질 뿐
먼 데도 시방도 없이 세계의 밤이다.

보살

기역 자로 굽은 허리로
유모차를 밀던 할머니,
오늘은 작은 호박덩이로 말아져
그 유모차 위에 앉혀졌다
그걸 기역 자로 굽어 가는 허리로
이웃집 할머니가 다시 미는
돌담과 돌담 사이
잠시 하느님도 망각한 고샅길에선
누구도 시간을 묻지 않는다
참새 한 마리도 외로운지
딱딱한 것들의 목록뿐인
할머니의 어깨에 살풋 내려와 앉는
저 꿈같은 일에
아기처럼 웃는 할머니의 미소에
누구도 값을 매기지 않는다
다만 동구 밖 느티나무 잎들은
아무것도 원함이 없는
할머니들의 요요적적에 대해서

說함이 없이 설하고
이미 거기 느티나무 아래
풍경이 되어 버린 할머니들은
아무것도 들음이 없이 다 듣는다

연두바람에게로의 귀거

바람이 분다, 바람 부는 수북의 사월에
수북수북 툇마루에 쌓이는 적막이야
바람에 목청을 씻은 까치 울음으로 깨우지.
애옥살림에 얼기설기한 홍진쯤은
마당가에 펑펑 터지는 참배꽃으로 닦아 내자니,
바람 부는 수북의 사월은
孤衾의 시간, 그 느릿느릿한 응시 속에
멀리서 날아오는 한 점 나비가 눈앞에서 아연
눈부신 애인이 되어 다가오듯
사방이 연둣빛으로 생환하는 청명곡우 아닌가.
헛간에선 잘 삭은 밸젓 내가 퍼지는
이곳의 사월, 이내 울쑥불쑥한 영농일 테지만
시래기죽에 탄식을 끓이는 냄비와
댓잎을 치는 달빛 주안상쯤은 차려도 되겠지.
나는 다만 관솔불처럼 피는 뜨거워서
그 뜨거운 피의 역마와 비단길로도
그간 얻지 못한 安心과 찾지 못한 法文이었지.
이렇게 아무런 죄 없이도 괜찮나 싶게

귀거의, 바람 부는 수북의 사월이라면
그리하여 느티나무에서 사방에서 어처구니로
풀려나는 연두의 장엄쯤은 차마 어려라.
풀려나서 흘러들어서 제 무죄한 빛을 밝혀서
내 오랜 독학과 풍찬노숙의 남루를 좀 씻어 낸다면,
세계란 한낱 바람의 날들일 뿐이라고 속삭이는
마음의 탁월한 세정제, 연두바람에
잠시잠깐, 나 머무는 바 없이 머물다 가도 될까.

易占을 조금 빌리다

누구나 아무렇게나 써 대는
사시사철을 삼가 빌려
뙈기밭에 씨를 조금, 놓아먹지.
어차피 지는 꽃의 향기와 서러움
귀 막아도 들리는 새들의 노래를 빌려
시 몇 줄도 고른다네.
창호에 댓잎을 치면서도
자국 한 점 남기지 않는 달을 보고선
한잔 술의 자세를 삼았는데,
기어든 고양이와 윤기 마른 황구도
설한풍엔 서로 껴안고 앙숙을 재우는구나.
전생을 빌려도 보고
저승을 조금 당겨도 보고
이도 저도 아닌 나날엔 역점도
조금 쳐 보는 곤궁이라서
무슨 유세가인 양 세상을 도모하는 일에선
삼십육계 줄행랑을 쳤지.
공덕이 채 연꽃 한 점도 못 되는 이승은

세상에 자국 내지 않은 걸로 퉁칠 셈이니
부처님도 하느님도
나 같은 건 대책 없어 가만두겠지.
나 본래 벌거숭이로 태어났으니
우주를 독학한들 아직도
나를 일필휘지 못하는 未濟卦 아닌가.

거룩한 제단

소는 제 엉덩이에서 지푸라기 위로 막 떨어진
송아지의 흠뻑 젖은 털을 핥는다

송아지는 비칠비칠 몇 번씩이나 넘어지다가
소가 보는 앞에서 한 새벽을 불끈 일으켜 세운다

송아지는 이리저리로 한참을 뛰다가
소의 배 밑으로 들어가 퉁퉁 불은 젖을 들이받는다

소는 그 큰 젖을 송아지 주둥이에 맡긴 채
그렁그렁한 눈을 먼 하늘로 들고
움머- 한 생을 한번 길게 운다

이때 하늘은 거대하고 검푸른 제단을 열고
여명을 지키던 내 언어는 샛별처럼 정직하다

2부

연애편지 쓰는 동안

한지에 치자 물을 들이니
진노란 화선지

화선지에 花頭 문자로 편지를 쓰니
향내 나는 꽃편지

꽃편지에 사랑의 꿈을 속삭이니
뜨거운 연애편지

연애편지 쓰는 동안
나는 네 생각으로 너였더니

반쯤 벌어진 네 성기의 幽玄 속 같은
장미 그늘의, 장미꽃을 흔드는 바람같이

사랑의 법문

등산하다가 손에 송진이 묻었는데
수건으로 닦고 물로 씻어도
끈적거림이 좀체 지워지지 않는다
송진이란 소나무의 깊은 상처에서 흐르는
소나무의 피나 고름 같은 것

그대가 내게 남기고 간 사랑의 상처에서도
그처럼 뜨겁고 끈적끈적한 것이
한사코 흘러내리던 적이 있다
한사코 별은 빛나고 기적 소리 들려도
틈만 나면 내리는 비의 우울에 노출된
저주와만 같은 눈물의 엘레지들

하물며 질겅질겅 씹다가 내뱉는 껌도
그대 옷에 붙어 그대를 낭패에 빠뜨리리라,
원망해 댈 힘조차 잃어버린 동안
소나무는 그 상처의 진액으로
맑고 투명한 보석, 琥珀을 만들었으니

내 다시는 사랑하지 않으리라 해 보지만
평생 헤어나려고 몸부림치는 악몽이
사랑 아니겠느냐 하는 이 화려한 비탄이여

사랑은 여전히 안심법문을 모른 채
피그말리온의 염원처럼
피가 마르도록 꿈꾸는
그대의 분홍빛 연한 부드러운 살

물의 나라

하나 둘 네 몸의 지도를 읽어 가는 동안
오르락내리락, 고층과 심층의 탐구가 반복되는
내 숨 가쁜 영혼의 두레박질은 계속된다.

그처럼 퍼내는, 바위틈에서 터지는 첫 물맛,
치자 향이 먼 데서 아득아득 들려오는
네가 울리는 종소리처럼 번지는 샘의 말들,

다시 고공과 심연의 승강이 꿈을 내통하는 동안
문득, 누구에게 약취당해 버린 것 같은 생이
새롭게 팽팽하게 일고 있는 파란이기도 하다.

모래와 꽃, 시간과 별 들을 함께 적시는 강물,
그리고는 서서히 익사 지경을 감응하는 말들,

내게 처음으로 사랑을 가르쳐 준 사람, 평생을 두고
당신보다 누굴 더 사랑할 수 있겠어요? 라니!

하나 둘 내가 네 몸의 지도를 읽는 동안
봉우리와 능선, 계곡과 숲길, 새 바람, 구름 향기,
나는 존재하는 모든 것을 해독하는 것이려니,

언제부턴가 우리는 하나의 불을 치켜들고서
이렇게 온 바다로 요동치는 律呂의 노래인가.

연애

흔하디흔한 술자리에서 넌 내게 포착되었다
간간 푸르게 사라졌다가 붉게 되돌아오곤 하는
네 눈빛을 누가 견디랴 싶었다 난 너를 그 자리에서
끄집어냈다 지체 없던 너와의 연애는 서로
마땅히 작정한 바 없이 그 몸과 마음을 내는 것이었다
콩꼬투리처럼 터지는 각양각색의 너나들이로 너는
나의 씨란 씨는 죄다 잠식해서는
홍색 자색 연분홍 마구 저미고 번지는 빛,
너 자신도 미처 식별하지 못하고 있던
빛을 낳아 그 빛에 들린 바였다, 푸른 징 소리처럼
아득히 사라졌다가 붉은 말발굽 소리로
총총 되돌아오는, 수많은 고원 위로 빛나는
마주 보는 하나의, 고독한 연애는 스스로 그러하던 것,
지상에선 짧은 두 다리로 뒤뚱거리지만
바닷속에선 유탄처럼 나는 마젤란펭귄처럼
우리는 거리에서나 섹스에서나 늘 서로 나포되곤
했다 지구의 땅끝 푼타아레나스 같은 나날 속에서
내가 너에 대해서 느끼는 이 매력과 신뢰는

어느 생에서 나오는 것이냐고 서로 묻기도 했다

사랑에 대한 몽상

내가 조금은 아는 뉴질랜드 숲은 밤 내내
짝을 부르며 우는 올빼미앵무로 뒤척인다
검은 고요가 콜타르처럼 엉겨 붙어
성냥알만 대어도 확 일 것 같은데 어떤 놈은
인근 바닷가에서 죽은 갈매기를 물고 와
屍姦을 감행하는 경우도 있는 것이다
네 마음을 얻으려고 늘 언어를 혹사했으나
네 마음을 호출하는 부호를 마침내 얻어서
네게 가 보면 너는 이미 거기 없었다, 그처럼
밤 내내 올빼미앵무들, 짝을 짓지 못한다
숲의 땅바닥에 사는 탓에 곧잘 잡아먹혀
씨가 마를 만큼 개체 수가 준 탓이라고 하는 건
검은 몰약으로 밤을 닦는 숲의 말이 아니다
차마 파고들 수 없는 꿈이라고 하지 않고
지상을 울울창창 덮는 나무들과
正金片 같은 별들을 보여 주는 숲의
현란한 마술, 그에 대한 최초의 오해가
너를 향한 나의 언어를 닦게 했지만

너는 늘 거기에 없었다, 나의 호출 부호로는
똑같은 바다를 두 번 다시 열 수 없을 뿐
우주를 가로질러 세 걸음을 딛어 우주를 넓힌
비슈누, 그의 세 걸음처럼 오늘도
너는 나의 시야를 벗어난다, 그 벗어남이 되레
내가 가보지 않은 어느 숲에서라도
애초에 없는 짝을 부르는 올빼미앵무처럼
애초에 없는 너를 눈멀어 꿈꾸게 하는가

향기에 대하여

대관령 목장에서 일하다 보면 봄이면 축사 안에서 쇠똥 냄새 대신 더덕 향기가 진동하는 경험을 하곤 한다 유난히 더덕이 많은 강원도 산, 방목 나가면 그게 몸에 좋은 줄 아는 건지 소들이 꼭 물오른 더덕을 찾아서 먹고 오는 때문이었다.

나는 시방 향기에 대해서 말하는 셈인데
무엇인지 알지도 못한 채 해독되는
형언할 수 없이 찬란한, 그것에 이끌리면

치자꽃은 그 유백색 꽃빛만큼의 향기,
천리향은 그 천리만큼의 향기를 낸다
그보다 더는 라벤더보다 진한 제비꽃색과
제비꽃보다 연한 라일락향을
애인의 은밀한 곳을 냄새 맡듯 알아내는데

엘리자베스 시대에 연인들은 사랑의 사과를 주고받았다고 한다, 여자가 깎은 사과를 겨드랑이에 집어넣어 땀

이 배면 그것을 애인에게 주어 냄새를 맡게 하는 것이었
는데, 이것이 참 야릇하고 설레고 달아오를 일이었으리
라, 하지만

피에서는 먼지 냄새가 난다고 누군 말했다.
코를 찌르지만 영원하지 않고
달콤하지만 오래가지 않는
그 향기, 순간의 애원인 삶의
피에서 곧장 먼지 냄새가 난다니!

그렇더라도 세계의 지표 아래 숨겨져 있는
향기로운 경이로움을 채취할 줄 아는
대관령 소들의 행로를 한번쯤 따라가 보는 건
좀 좋기는 좋을 것이리.

너의 향기를 어찌 견디겠니

비 젖으면 딱딱하게 굳는 질 낮은 구두처럼
일하고 사랑하는 일
악성의 하품일 때

문득 장미 한 다발을 들고 와서는

장미 그걸로
장미 가시, 장미 꽃잎 그걸로 나를 마구 문신해 대는

너의 눈빛을 어찌 견디겠니

꽃 피는 지옥

바람 분다, 바람이 분다
쟌느 뒤발도 없이 가는
봄날의 꽃빛을 누가 견디겠느냐
너는 지옥이었다고
꽃 피는 지옥이었다고 말하려다가
우두망찰, 먼 데를 당겨 놓고
막 까지기 시작하는 동백꽃처럼
되우 간절해지는 마음이다

악마적 열정과 소름 끼치는 권능의
사랑 감옥에 갇힌 죄수에게
질 나쁜 연애란 없는 것이다

해조곡

지루하고 지루한 망망대해라든가
부서지고 부서지는 파도 아닌 다른 것으론
한 번도 살아 본 적이 없는
선창의 작부 같은 어느 하룻날은

금어기에 세워 둔 배 밑에
제비가 새끼를 치는 바람에
아서라, 새끼가 어서 날아가길 기다리느라
오징어잡이 때, 풍어기 한 달을
차마 출항하지 못한 선장의 마음을 몰래 읽어선

나도 그 누구에게라도 털어놓을 수 있는
사랑 한 자락이라도 있다면

배 지나가자
순식간에 지워지는 뱃길 같은
세월의 길 없는 길을 묻느라
그 길에 그 많은 생것들을 흘려 버리곤

갈매기 바다 위에 울지 말아요*,

황혼의 해조곡 한 곡쯤은 몰래 부르랴?

* 이난영의 「해조곡」 첫 절

崖月

저렇게 큰 바다파랑을 면벽하고
너의 두 눈은 무엇을 응시하는가

속눈썹 둘레가 붉게 물들어 있는데
저렇게 몰아치는 바닷바람에
너의 한 눈동자는 뿌옇게 흐려지고
또 한쪽은 푸르게 빛나고 있다

네 앞에는 절벽바다에 걸린 달

그 달의 얼굴을 한 채
너의 눈은 무슨 슬픔을 견디고
또 한 눈은 분노의 형광을 쏜다 해도
난 성게국에 소주를 마실 뿐
지금 보고 듣는 것이 하나 없다

보도 듣도 못하는 이 바다파랑 속
홀연한 그 무언가를 어떻게 호명하랴

저 수평선에 이는 먹구름 같은
너나 나나 말할 수 없는 생이
바닷가의 검은 현무암으로 굳어 버린들

꿈으로도 사랑으로도 가닿지 못하는
경각의 질문만이 있는 경우도 있다

시간에 기대어

강의 면목이라면 면면한 유수와 범람,
강물 따라 걷는 마음은 넘치고 또 흐르네.
보리숭어며 비오리 떼가 튀고
창졸간의 갸륵한 것들이 좋이 울어도
순간의 꽃보다는 이야기로 더 유장할 터,
금결은결 반짝이는가 했더니 금세
그리움의 파란으로 일렁이는 시간 아닌가.
한때는 한도 없이 파닥거렸던
강변 은백양 잎새와 첫사랑의 흑단머리는
바람의 갈래 갈래로 흩어지고
오늘은 강가에 퍼지는 라일락 향기,
강섶을 일구는 고라니며 노인장과 함께
또 무엇, 그 누구로 흘러드는 구름 떼라니!
구름이 깊어지면 강물도 높아져서는
서러움 밖의 그 무엇이라도 소환할 듯한 모색,
서녘 놀이 비쳐 든 갈대밭 속의 연애 너머
썩지 않고 들끓는 고독의 항성으로
내가 죽고 네가 사는, 그런 유정의

경계 같은 것들을 오늘도 추문하는 것이랴.
흐르는 강에 차마 가닿지 못하고
사소한 마음 하나에도 수만 물비늘을 뒤채는,
지금은 결락한 꿈의 시간에 기대어
제 물소리에 귀 기울이는 강의 명색이여.

너의 얼굴

예기치 않은 어느 날 내 앞에서
눈물로 중독된 눈을 하고서는
무언가를 애써 말하려고 더듬, 더듬거리는
그러나 이내 온몸이 뒤틀려 버려 말을 못 하는
너의 얼굴은 내게 계시다

다른 어떤 것으로도 돌이킬 수 없는
무력한 네 얼굴로 나는 상처받고
무력한 네 얼굴에 저항할 수 없다
입양 됐다 또다시 파양 당한 고아와 같은
너의 얼굴을 나는 어떻게 읽어야 하나

예기치 않게 나타난 내 앞의 너는
네가 당하는 가난과 고통으로 나의 하늘이다
나는 너로 인해 죄책하지도 않고
나는 너를 연민하지도 않고
그러므로 나는 다만 너를 모실 뿐이다

기막히게는 말할 수 없는 네 뒤로
기막히게는 번지는 밀감빛 노을을
네가 잃어버린 날에 대한 서러움이라기보단
네가 아직 태어나지 않은 곳에의 그리움이라고
차마 부를 수 있다면

나는 중독된 눈물을 그만 거두고
말해질 수 없는 말을 그치고
내 마음을 잃어버리기까지는, 너의 계시
너의 사랑을 얻지 못하리라는 것을 나는 안다

별의 음계

　수수밭 수숫잎들이 바람에 스적일 뿐이었다. 하늘마당엔 들에서 늦게 돌아온 어머니가 대숲 울타리 우물가에서 쌀 씻는 소리를 내는 떼별이었다. 너를 기다리는 수수밭 속에서 올려다본 하늘마당의 별들이 만들어 내는 음계는 점차, 네가 음악 시간에 다소곳 치던 실로폰 소리로 바뀌었다. 그러더니 이내 연보라 수수꽃다리쯤이나 두드리면 피어날 향내를 마구 내었다. 너무 좋으면 슬픈 것도 좀 어리는 버릇이던가. 너무 좋아서, 괜히 어려서 부사리 뿔에 받혀 죽은 누이 생각에 눈물 알알 서걱거리는 별빛의 강물로 젖는 동안, 나는 그만 네가 오는 소리를 듣지 못하고, 날 찾지 못해 낙심천만 돌아가는 너의 소리를 듣지 못했다. 하지만 사랑으로 설레게 되면, 더더욱 수수밭 수숫잎에 바람 쓸리면, 강변의 조약돌조차 반짝반짝 하늘마당으로 불려 가 죄다 별의 음향을 낸다는 걸 너는 몰랐던 것. 그 소리에 들리면 어머니가 불러도 모른다는 것. 그날 마을 앞 강물로 별똥별 마구 쏟아지던 사정을 새벽 젖은 강둑길을 타박일 때까지 나 역시 종내 몰랐었다.

화신

오래 앓다 일어나 산전에 나서니
복사꽃은 한사코 목전의 나를 접수하여선
내 안에서 꽃빛 꽃빛, 복사꽃술에 취하네요.
마침하여 꾀꼬리도 귓문을 활짝 열더니
벌써 내 마음속 안방 차지하고선
꾀꼬리 울음을 춘앵전으로 바꾸는군요.
삽자루에 힘이 부쳐도 명색 회춘인데
내가 미처 생각할 겨를도 없이
꽃과 새는 스스럼없이 내 안에서 취하다니요!
迎春의 향기와 노래는 자꾸 흐르고
난 다만 꽃빛에 들고 새 울음에 안겼으니
산길에선 꽃말과 새 춤으로 수인사하지요.
장로들이 지난겨울 너무 욕봤다고 혀를 차도
난 시방 꽃과 새의 생각이므로
꽃 피고 새 우는 물색이 환해지네요.
춘경의 이 화신을 받아 줄 이 있다면
생판 모르는 사람이라도 하마 눈부시겠지요.

자코메티 1

늦가을 강변, 잔광 속의 미루나무여
무장무장 스치는 쓸쓸함이여

이런 날이면, 삼류 인생에나 적합한
오줌색 갱지 빛깔을 닮은 삶의 내력들을
무너질 만큼 무너지는 박명 속에 부려 놓고

늦가을 강변, 억새꽃 노을 녘을 향해
긴 울음의 목을 쳐드는
황소의 바리톤 하나 정도는 건졌으련만

네가 보고 싶어 울었다, 는
삼류 소설의 지문 같은 것으로나
내 하루 분량의 고독을 세우는 자코메티여

자코메티 2

퍼붓는 눈발 속의 미루나무여

발기한 성욕 같은 저 어처구니를
그리움의 적설이 낳은
나의 가장 고독한 시간이라 부를까

누군가 사랑의 길을 묻는다면
너에게 못다 한 말로 몰래 서는
저 우두커니여

먼 데로 적막을 두고
삭풍마저 한사코 불러 대어선

한 자 가웃 눈에 또 무엇을 쌓으랴

3부

분홍 초승달

책상서랍 제일 밑 칸 구석에 처박혀 있었다
그것은 아주 오랫동안 잊혀 있었다
화창한 가을날 느닷없는 천둥 번개가 쳤다
그러니까 그것이 그 순간에 드러난 것만은 아니었다
분홍빛을 띠고, 아기 볼 같고, 라일락향이 나던 것이
새까맣게 쪼그라들어서 흉측스러웠다
심란한 마음에 오소소소 떨렸다
달포 전에 구들더께 노인이 산으로 간 빈집에
앙숙이던 개와 고양이가 껴안고 자는 것도 그것 때문
일까
꺼내 보았자 오래전에 잊힌 것이었다
성기가 비뇨기가 되어 봐야 더 잘 안다고 했다
그래도 그 흉측스러운 것을 꺼내 닦아
추야 장천에 초승달로 잠깐 걸어 보고 싶었다

국외자

나는 그 어떤 출구도 찾지 못해서
담장 위에서 흘러내린 병든 장미 향기에 취했다
울부짖을 입은 없는데 귀는 열려 있어서
담장 위 새들의 끝없는 빈정거림을 들어야 했다
나의 임무는 삭풍 속의 미루나무 같은
잔혹한 고독을 경작하는 일뿐,
나의 사랑은 황음 속에서만 발기했다
애인들은 암소처럼 큰 동정심을 들이대며
나를 몽유의 안개 속으로 거두어 갔다
모퉁이의 오동잎이 떨어지는 건 슬픈 일,
내가 슬픈 시간 속에서 쌓은 건 세상에서
나의 불행을 가장 큰 걸로 믿은 어리석음뿐이었다
그 오해가 없었다면 오래전에 무너졌을
나는 대낮에도 자꾸 봉두난발에 휘감겼다
휘감겨 넘어진 우울을 빗고 그렇게
명상하기 위해 신을 내몰았다는 어느 현자처럼
나는 절망하기 위해 귀찮은 신을 내몰았다
낙엽처럼 가벼운 말엔 넋을 놓고

둥치의 묵중한 말은 거들떠보지도 않는 세상에서
내 안에서 끝없이 지속시켜 온 열정이
내 안을 다 태워 버린 후 발견한 문 한 짝,
가만 보니 자물쇠는 담장 저쪽에서 잠겨 있었다
나는 어떤 출구도 찾지 못한 게 아니라
애초에 입구가 막힌 삶을 살았던 것이다

종유석처럼 울다

지금, 돌이킨다는 말을 지우는 그는
한세상 돌이킬 수 있다고 믿은 그 자신이다
춥고 눅눅한 삶을 벗는 일은
언제부터 시간 밖의 일이던가
낸들 어쩌나, 라고 말하는 그는 그 자신이니
동굴 천장에 매달린 종유석처럼 우는 것도 그다
밖에는 제비 날고 배꽃 펑펑 터질지라도
하릴없이 동굴 천장에 매달려
오늘도 자기 속에서 자기만을 낳다니!
애지중지 보듬어 키운 암캉아지가 어느 날
궁둥이에 는지렁이를 달고 오듯
원치 않는데도 겁탈 당해 버린 생 아니던가
그런대로 살아 봐, 라고 말하는
그의 고독한 눈물은 더는 질문되지도 않는다
꽃 피는 시간들의 때, 거꾸로만 생각을 키우며
동굴 천장에 매달린 종유석처럼 우는 그는
자기를 항복받지 못한 노여움으로 견딘다
자기를 항복받지 못한 노여움으로

자기 속에서 자기만을 낳지만
미국은 왜 밤에만 폭탄을 터뜨리는 거야,
낮에 터뜨리면 화면이 훨씬 실감 날 텐데, 라고
말하는 자들의 세상은 멀고, 그는 그인 것이다

空冊

해마다 작심한 나의 일기쓰기는
사나흘 다음 페이지들은 텅 비어버린
쓸쓸한 空冊으로 남아서
잘못 얽힌 일의 알리바이거나
기억해야 할 일의 증거를 댈 수 없듯
언제, 어디서부터였던가
마치 난파당한 쪽배의 영혼처럼
하찮은 질문에도 운명의 파도를 느끼는
나의, 나라는 시간은
더 이상 쓰지 않아서 늘 지워져 버릴 뿐,
사도이자 순교자인 바돌로메
산 채로 가죽이 벗겨졌다는 바돌로메가
퀭한 몰골에 두 팔이 축 늘어진
제 벗겨진 텍스트를 들고 심판을 구하듯
나의 껍데기 속 최후의 망명지인
나의 세계의 허공은
추억도 환상도 없이 이렇게 생생하거니,
폐업정리 전의 회사원이거나

도축장의 소 눈 같은 꿈의 문장을 지우며
다만 녹슨 황혼을 반추해 대는
하루하루, 이 밀식된 고독은
나를 위해 창조된 것이 아닌 세상을
애써 기록하고 싶지 않은 나의
空의 冊쯤으로나 여긴다면 어떨까

홀로 인생을 읽다

페이지 페이지마다 저항한다
재미없고 어렵고 빡빡한 이따위 책이라니
건성건성 지루함을 뛰어넘고
알 듯 알 듯한 문장만 마음껏 해석해 버린다
하지만 행간에 얼크러진 미로들과
딱딱한 페이지를 넘길 때마다
발을 거는 맥락의 숲이 부르는 유혹들
그 속으로 다시 길을 잃는다
피로 쓰였다니 온몸으로 읽어야지
나는 미련하고 오기 창창하여서
절벽에 부딪고 심연에서 소리 지른다
그 어떤 책도 저 혼자인 책은 없다지 않나
수많은 이미지의 난무와
겹겹 숨어 버린 의미들의 여러 시간
제기랄, 한 귀퉁이에서 잡념이나 낙서하다가
다시 페이지를 넘기면 삶의 황홀한 서정들
그다음 페이지엔 죽음의 혹독한 서사
생과 사는 앞뒷면으로 반복되는데

말도 안 되거나 말하기 싫어하는
정신분열증 환자의 담론처럼
말하고 싶으나 차마 말하지 못하는 것들의
징후까지를 짐작해 보는 시간은 깊고 깊다
이걸 혈투라고 해야 하나
혈투 끝 폐허라거나 숭고라고 해야 하나, 내게
주어진 古典이 의도하는 것과
의도하지 않는 것까지 가늠해 보는
독서는 마쳤는데 책은 여전히 펼쳐져 있다

길 위의 연대기

어느 개그맨의 상투적인 농담처럼
일찍이 요절하지도 못했다면
산이 저기 있고, 강물이 산을 감아 돌듯
어떤 굴절에도 나를 맞추고 살 일이던가.
돌아보면 치욕과 수모, 황폐뿐인
연대기를 안고 길에 어슬렁거리다 보면
바람 자락에 사운거리는 풀잎 앞에서조차
소모될 줄 모르는 생각의 과잉이려니,
아직 비를 쏟아 내지 않은 비구름처럼
무거운 우울로 마구 몰려오는
기름때에 전 머리칼 속의 천근 유목이라니!
어둠에 익숙해져 퇴화된 시력쯤으로
메마른 길의 굴곡과 요철을 더듬거리며
나는 시방 어디에 있는지
나는 시방 누구인지, 더듬거리는데
어쩌면 줄지어선 가로수로 사라지는 소실점의
그 너머쯤이면 나는 과연 나 자신일까?
눈에 막힌 산중에서 막버스를 기다리는 노파가

품을 법한 희망 정도로나 길을 묻는
내게 적용될 수식어는 몇 개나 될까?
칠흑 적막을 그어 대는 단 몇 초의 성냥불로라도
걸어온 길의 이정을 밝힐 수만 있다면
시간은 뚜벅뚜벅 걸음을 멈추지 않으리.
사랑은 추억의 황홀을 굴리고
나는 쑥국새처럼 늙어 가며 내 길을 가리.

잔광

오늘저녁 누구에게 무엇을 말하려는가.
지금은 백리까지라도 트는 양광이
청태 낀 침묵을 일삼는 묘혈조차 비춰 내고,
지금은 들국을 맑힌 바람이
추억으로 은폐된 노역의 나날마저 들출 듯.
나비 떼처럼 쏟아지는 은행잎 아래
술구더기처럼 끓어오르는 마음의 흑담즙들,
오늘저녁 누구에게 무엇을 말하려는가.
여기 납골당 같은 아파트의 가을 뜨락에
지금 무엇이 지루하고, 무엇이 무너지는지.
다행히 내겐 아이를 다산성으로 낳고는
억새꽃처럼 세상을 이탈해 버린 어머니가 있고,
다행히 내겐 사내에게 버림받고는
낙엽 나라의 입구를 찾아 버린 누이가 있다.
가을이 깊어서 황혼도 금세 낡아지리니
난 더는 불 지필 단풍이 없는 우울의 종자,
오랜 里程의 봉두난발은 하품에게나 넘기리.
지금쯤 장작을 쌓고 텃밭에 김칫독을 묻을

나라의 호명을 더 이상 기대하는
침울하고 지루한 옛사랑의 작자들도 있겠지만
무슨 희망, 무슨 추억의 해거름,
잔광의 노회한 것이 달뜬 가락을 뜨며
오래된 잿빛 길들을 새삼스레 여는데
난 어찌하여 시간의 그릇만을 만지는 것인가.

나 없는 내 인생

텅 빈 마당으로 날아든 왕오색나비를 좇는데
왕오색나비는 담 넘어 사라져 버린다
순간 여기저기 쑤시다가
난 내가 아닌 채로 눈앞이 아득아득, 멍해진다

록 음악의 역사를 새로 쓴 재니스 조플린*은
위스키와 담배와 헤로인으로 찌든 쉰 목소리로
소리치고 포효하고 울면서 노래했다

햇빛에 반사되어 쪽빛으로 빛나던
화려한 날개의 왕오색나비는 흔적도 없고
난 많은 사람들과 사랑을 나눴지만 이제
혼자 집으로 가겠지요, 라고 내뱉던 조플린처럼

왕오색나비를 놓친 나는
난 지금 내가 아니야, 내가 누구인지
말할 수 있는 자는 누군가, 중얼거린다

한 번도 생의 오르가슴을 누리지 못했다면
자유란 아무것도 잃을 게 없다는 것을 가리킬 뿐
난 늘 불안의 먹이를 노리던 쥐구멍 속의 쥐,
성문 밖에서 피고름 다리를 북북 긁던 욥,
된바람 홀로 받던 겨울강변의 미루나무

나 없는 내 인생이었으매
아무것도 잃을 것이 없다니?

왕오색나비 사라진 담 너머로 몰려드는
먹구름처럼 나는, 나의 과용으로
나를 잃어버린 건 아닌지, 이 관절통 같은 나날들!

* 1960년대에 모든 로커의 어머니, 히피의 여신이라 불린 여가수로 헤로인 과용
  으로 사망함.

생의 처방을 묻다

진찰받고 대기실에 망연히 앉아
처방전이 나오길 기다린다
이 병은 낫지 않습니다 더 나빠지지 않게
관리를 잘하셔야 합니다
관리를 잘하여 집행을 유예받을 뿐인
죽음의 피보험자들이
병원 안내판에 적힌 병명만큼이나 다양한
생의 이유를 끌어안고 처방전을 기다리는데
청담동 처녀보살이 참 용하답디다
중국에서 온 환인데 그 병엔 직방이래요
직방이며 비방들이 한 차례 나돈다 하지만
병원 창으로 비쳐 든 햇살에
부유하는 수많은 먼지만큼이나 착잡한
저들의 눈은 벌써부터 아득해지고, 아직도
누군 농담이 남아 간호사에게
엉덩이를 까 들이밀어도 부끄럼이 없으면
더는 생을 기대할 수 없다고 낄낄대는데
이 꽃 저 꽃 다 빼 가고 형해만 남은 화환 같은

사랑조차도 없이 견디는 시간,
웬걸 창밖의 태산목 새하얀 큰 꽃송이들이
내 잊을 수 없는 일들의 비망록에 등재되며
잠시 환한 영혼의 출구를 마련할 뿐
처방전은 과연 나오는 것인가
저마다의 생의 이유들을 다스릴
처방전이 어디 있기는 있다는 것인가

집

어쩌다 이렇게 돼 버렸을까, 그는 자기의 집이
시장통 네거리로 접수된 것을 따져 본다
도공의 손에 짓이겨지고 패대기쳐지는 찰흙처럼
사방으로 몰려오는 모욕의 통로가 된 집
그로부터 먼저 여자가 손가락질하며 떠나갔다
그 밖으로 살아 있는 날들의 꿈이던 아이들조차
상처의 통로를 하나 둘 떠나갔을 때
그는 자기가 뙤약볕 아래 민달팽이가 돼 버렸음을
알아차렸다 자신의 의지와는 상관없이
이렇게 무자비하게 내동댕이쳐질 수 있다니!
이 세상에 내가 거처할 곳은 없는가, 라고 외치면
마치 소나기 피하러 초동이 뒤집어쓰던 토란잎 같은
집을 지니기엔 인생이란 너무 짧아, 라고 누군 속삭였다
늘 죄만 생각하는 자는 죄인이라고 했던가
늘 시장통 네거리가 돼 버린 집을 생각할 때
집은 그가 헤어나려는 악몽이 되어 갔고 이웃들은
넓은 평수며 전망이나 따지는 집들에만 급급했다
이런 법이 어디 있느냐고 묻고 싶으나

어디에 대고 물어볼 하늘조차 없다는 걸 알았을 때
그는 지붕 없는 하늘로 고개를 들기도 했다 하지만
거기 은빛 별들보다 리어카 위의 은빛 갈치가
물크러지는 밤, 그는 시장통 네거리의 집을 끌고
별 볼일 없는 집을 짓느라 오늘도 여전한 것이다

지옥을 방관할 수 있다니

무언가 비장하게 쓰이다가
구겨져 내던져진 원고지처럼
그렇게 방치될 수 있다니
소리 내어 울 수 없어 몸부림으로 불러 봐도
대답 없는 이로부터
푸른 장미로부터

열두 번 애원해서 허락된
사랑 앞에서의 웬 심술처럼
그만 놓아 달라 빌다가 다시 만나자고 우는
사랑의 구걸로부터
과잉된 별들로부터

무엇보다도 자기로부터
어떤 연애로도 광기로도 항복당하지 않는
상청의 소나무거나
사막의 바다로부터

온몸 속에 키운 새끼에게 온몸 뜯겨 먹힌
살모사의 소슬한 형해 같은
삶의 추악이며
죽음의 비나리로부터 그렇게

그렇게 방치될 수 있다니
방치된 채로
방치된 자기를
눈 번히 뜨고 응시할 수 있다니!

카프카를 위한 노래

뭐 별반 해결했나, 뭐 해석해 낸 것도 없이
어쩌자고 마지막을 앞둔 사람처럼
복사꽃이 피거나 볼 붉어 가는 복숭아를
떼 까치가 마구 쪼아 버리는 시간을
째깍째깍, 속절없이 바라볼 뿐인 생인 것을,

마치 하다 만 섹스 같은 생을
조금은 더 바람으로 씻어 보거나 말거나
미구에 당도할 마지막에 이미 노출되고 만
탄저병의 시간을 노루 꼬리만치 견디며
흥얼흥얼, 복숭아밭 이랑들을 달래는 것을,

인생 하나로 무엇을 해 보자고 했던가,
인생 하나로 앞 강물을 도홧빛으로 물들였던들

삶에서 좀 더 지지를 얻지 못한 비극은
그냥 둔 채로, 그저 그만큼의 노래일 뿐인 것을,

하지만 조롱하고 한탄하거나 저주하지도 않은
생살 찢고 나오는 아기와 같은 노래였던 것을.

息影亭에 들다

태양에 집착하면 집착할수록
그림자는 짙어졌지 그림자를 지워 본들
나도 몰래 엄습하는 죄의
첩자인 그림자, 순식간에 들켜 버리지
나는 아는 게 그리 많지 않아
내 순수한 정액의 탕진과
신랄한 멜랑콜리로 맞받았지, 하지만
길고 긴 하품 같은 시간의 황사 속
꺼지고 시들고 사라져 가는 세계의 퇴락을
내 죽음의 랍비, 그림자와 함께
나마저도 폭로해 볼까
뜨거운 다이너마이트를 온몸에 두른
자폭 전의 테러리스트처럼
자궁과 무덤의 한 노래를 포효해 볼까
태양에 집착하면 집착할수록 짙어지는
마치 물질과도 정신과도 같고,
환락의 밀실을 지하 납골당으로 바꾸는
시간의 집행자인 그림자, 그 집요한

수고의 스토킹을 좀 쉬게 했으면, 하는데
푸르름의 해찰을 둘러친 여기
청풍과 명월의 幽玄을 마셔 버린 사람들과
태양이 빛나는 세계의
굳센 고독의 즐거움들을 위해
그림자를 발고하는 세간의 인총들이라면
보아라, 피차간을 지워 버리는
한 그늘의 息影이려니,
이런 일의 유목민인 구름인들 또 어떠랴

화포별사

살아 있던 그들은 지금 죽었고
살아 있는 우리는 지금 죽어 간다
조금씩 견디어 내면서*
그렇게, 조금씩 견디어 내면서
바다와 하늘은 유록빛으로 서로 저며서
여기서는 이미 경계를 지운다
난년 치마 속 들추고 온 듯한 바람도
여기서는 사라진 경계로 잠잠하다
왜 그래야만 하느냐고
무엇인가를 물어볼 수조차 없게
게딱지처럼 엎어진 슬레이트집들,
황토 뙈기밭, 솟아오르는 유채꽃 앞에
반짝거리는 양식장의 부표들도
여전히 생명과 미친 사랑을 재우며
제 안의 바다로 떠나겠다는 사람처럼
유록빛 속에 잠기며 아득해진다
격렬한 사정 뒤에 반쯤 죽어 찾아오는
아득한 졸음, 졸음처럼 떠오르는 저기

꽃구름은 복사꽃인가 살구꽃인가
아니 그 꽃들, 꽃 실은 거룻배로 흘러서
모든 일생을 죽음을 위한 전주곡으로
뜨는 듯하는 저녁의 해조음에 닿는가
그러니까 여기는 꽃 피는 화포,
예전에 너와 나는 여기 있었고
지금은 너는 없고,
나는 조금씩 조금씩 없어지고 있다

* T. S. 엘리엇, 『황무지』

별빛의 무게

뭔가 먹구름 같은 게 밀려드는 증세로
창밖을 내다보는 것도 잠시,
앞에는 아찔하게 솟은 빌딩 숲인데
차도와 인도의 경계석에 앉아 길고양이와
한낮의 태평을 어르고 있는 사내는 누구인가
경계석이 없었다면 맨바닥에 주저앉았을까
강풍 뒤에 태풍이 치기도 하는 것처럼
봉두난발을 뒤집어쓰고 앉은 그의
내일은 길 위에 누워 버리는 것일까, 하는데
그는 어쩌자고 나의 창 안으로 스며들어
왜, 왜 아닌가, 나의 곁을 자꾸 들이댄다
추격전과 살인, 익살과 서스펜스 그리고
치명적인 로맨스가 압도한 스펙터클이
마지막 백색 스크린으로 환원돼 버리듯
그가 옆에 앉자 나는 한사코 텅 비어 버린다
이제는 전화벨이 울리지도 않아,
때가 되면 그나마 문이 닫힐지도 몰라,
나보다 먼저 경계석에 나앉은 사내의 은유로

우두망찰, 나는 무엇인가 묻고 묻지만
한밤 늑대 울음일 수도 있는 삶이
무언가에 가끔씩 설득당하기도 하는 것은
내가 혹여 내게 항복을 받을 수 있을 때려니
칠흑하늘은 별빛의 무게를 어찌 품는가

적조주의보

해일에 박살이 난 바닷가 공중전화는
그 앙상한 형해만을 드러낸 채
먼 데 그리운 너에게로
더 이상 갈매기 울음소리를 보내지 못한다

금결은결 수많은 세월의 편린을 일구면서도
머리 위로 날치 떼 날아오르게 하는
시간 너머의 환희를 전하지 못한다

아랫도리 추스를 힘도 없어
가랑이 쫙 벌린 채 널브러진 장흥집 여자의
시커먼 陰毛 속 같은 단절과
해마다 반복되는 적조로 인해
날마다 떠오르는 배 뒤집힌 고기 떼 같은
어민후계자의 체념과 부패

이곳에서 사람들은 침묵하고
저 혼자 빛 발하는 저 바다의 發狂은

내가 네게 결코 전해질 수 없는 마음들의
빛, 아니 영원한 어둠

해일이며 발길질에 박살 난 공중전화는
더 이상 네게 파도 소리를 전하지 못할 때

나는 아무것도 할 수 없다
나는 아무것도 모른다 이해받지 못한다
그리고 이 모든 불행은
나를 특별히 불행하게 만들지도 못한다[*]

* 앤드류 솔로몬, 『한낮의 우울』

4부

엠티쿼터

작열하는 태양만 이글댄다지. 새벽녘의 추위는 얼음
장보다 강해 인간의 수사 밖에 있다지. 구절양장의 긴긴
협곡과 턱턱 막히는 높이의 砂丘, 사구들을 피해 갈 수
도 없다나. 끝도 갓도 없는 모래와, 까마득 누리를 덮치
는 모래바람의 지옥은, 몇 억겁의 업장이랴. 숨 막힘과
갈증으로 요약되는 천리만리 엠티쿼터엔 아무도 오가지
않는다는 것, 아니 누구도 오갈 수 없다지. 자기 앞에 놓
인 생이 얼마나 큰 축복인가를 확인코자 한, 한두 사람
만이 간난신고 통과했을 뿐. 하찮은 일에도 운명을 느
끼며, 반박할 수 없는 질문들을 또 끌어안고, 이 땅에서
얻고자 하는 것 단 하나도 얻을 수 없는 자들의 엠티쿼
터도 있다네, 그곳에 쏟아지는 별빛인들, 그 별빛 한 점
조차 눈에 담기 힘든 세상 속의, 사람들 속의, 엠티쿼터
사막으로 사는 이들을 한번쯤 무어라 부를까? 난 종종
페터 한트케의 소설 '소망 없는 불행'을 읽고는 하네.

死因

세상에 아름다운 시신은 없다고 한다
국립과학수사연구소 부검의 박혜진 씨는 다만
사회가 외면하는 시신의 침묵을
묵묵히 대변할 뿐이라며 웃는다
부검 날엔 몸에 배는 부패 냄새 때문에
밖에 나가 점심도 먹을 수 없는 그녀가
토막 난 사체의 위장을 가르고
썩어 문드러진 사체에서 피를 뽑고
유괴 후 숨진 아이 부검 때는 펑펑 울기도 한단다
하지만 그녀가 고독과 죽음을 관통하며
그토록 밝히고자 하는 死因은
저마다에게 어떻게든 있긴 있는 것일까
마음대로 처치할 수 있는 하인이 없고
공포를 휘두를 제국이 없어서 자신을 증오하는
우리들의 너무도 의당한 천국에서
우리들의 죽음은 스스로 저당 잡힌 게 아니던가
인간에 대한 예의,
그 관대한 거짓말 때문에

오월 강변의 미루나무 이파리들이
보석처럼 짤랑거린다는 말도 있는 것이다

신아귀전

키르티무카, 영광의 얼굴이라는 이 괴물은
사실 얼굴 하나만 덩그렇게 남은 아귀다, 그처럼
늘 허기져서 피골상접을 일삼는 그는
오늘은 급기야 골수검사를 하고 나왔다.
그렇게 배가 고프거든 너 자신을 먹으라는 말에
발부터 자신을 먹어 올라갔던 아귀처럼
처음에 그는 피부터 뽑았다, 거간꾼의 모사로
한때 방송에서 헌혈왕에 뽑히기도 했지만
헌혈 이후 주는 빵과 우유의 그 환장할 맛,
아니 그보다는 국가적으로 피가 모자라는 요즘엔
그 피의 거래로 한 달 이상씩을 버티는 그다.
얼굴만 덩그렇게 남고서야, 삶이 무엇인지
극명하게 보여 준 너를 예배하지 않는 자는
누구든 내게 올 자격이 없다고 한 시바신,
그의 자비를 입은 아귀처럼 왕성한 식욕을 위해
거년엔 남에게 신장 하나를 떼 주었다.
자기의 자비를 스스로 완성하고 있는 셈인데
이번 골수 거래까지 성공하고 나면 한 재산 잡아서

다만 몇 년이라도 허기를 면해 볼 참이다.
사실 남의 것을 훔친다거나 빼앗을 수도 있겠지만
날이면 날마다 남을 딛는 일조차 못 하던 그였다.
회사라는 지옥에서 출문을 당한 그로서는
자기가 할 수 있고 모든 것으로부터 자유로운 일이
자기 스스로를 먹는 일일 뿐이라는 悟道가 있었다.
개미조차 남의 산 몸뚱이를 끌고 갈 수밖에 없는
모든 숨탄것의 조건을 깨고
자기를 먹는다는 게
사실 신의 자비를 입지 않고 어찌 가능한 일이랴.

자기의 고독과 연애를 파먹고 사는
시인 또한 키르티무카, 영광의 얼굴 아니던가.

한 알코올중독자를 위하여

나이 마흔도 중반을 넘긴 그는, 아직도
술만 먹으면 아무 데나 코를 박고 운다.
그의 어머니, 연년이 들어서는 아이가 무서워
지풀자리에 낳은 아홉째인 그를 그만
엎어 버렸다 살렸던 내력 탓일까.
술만 먹으면, 어머니 왜 나를 낳으셨나요,
그렇게 또 고래고래 노래하는 것이
태어난 것 자체가 모욕이어서일까.
한때 화장실 청소차까지 몰았던 그,
그래서 자신이 그곳의 버러지 같다고 느낄 때와
버러지 같은 세상에서 더는 못 살겠다고 느낄 때를
분명코 일별할 줄 아는 그, 그런 그가
나이 마흔에야 정을 주게 된 여자가
결박당한 자신 앞에서 짓이겨지고 죽어 간
모욕과 상처, 그 몹쓸 일까지 안게 되었음에랴.
그런 그가 버러지 같은 세상을
깡그리 청소해 버린다는 신보다는
주정뱅이와 바보와 어린아이를 사랑한다는

신 쪽에 서서 취생몽사의 길을 꿈꾼대서 잘못이랴.
알코올중독자만 되어도 자살하지 않을 수 있다는데
슬픈 그에겐 취하는 길도 닫힌 채
철창 차에 실려 정신병동으로 떠나는 오늘
누가 그를 인간에 포함시켰는가, 차마
묻지 않을 수 없다면 이 또한 지옥 아닌가.

무희

어쩌다가 여기까지 흘러들었던가
술 마시고 노래하고 춤을 추어 대는 그녀
무대 가득 열광하는 슬픔의 안개 속이라네
금 간 장독은 태를 매 쓸 수 없듯
세상의 위로는 멸시의 다른 이름이었을 뿐
슬픔의 난만한 것이 커단 젖퉁이로 출렁이네
어쩌다가 여기까지 흘러들었던가
밥 먹으러 가는데 밥 먹고 가자는 치처럼
허기진 생의 과잉으로 허기진 그녀
번뜩이는 조명 아래 드러나고 드러날 뿐이네
한때는 무엇을 할 것인가 둘러보았지
보이는 건 모두 다 돌아앉았댔지
이제는 중인환시 속 봉을 휘감는 스트립쇼라니!
어쩌다가 여기까지 흘러들었던가
잠시도 숨 돌릴 틈 주지 않는 연주와 괴성 들
사방을 휘젓는 조명 아래 산발하는 고혼을
쥐어뜯고, 쥐어짜고, 쥐어박는 생이라네
그 생의 생생한 것은 하도나 생생하여서, 순간

음악도 괴성도 뚝, 그친 묵음 속에서
온몸 뒤로 젖히고 좌악, 벌리고
마지막 치욕의 꽃을 숨 막히게 들이대는 그녀의
지옥을 숨 막히게 호흡해 대는 취객들이라니,
충혈된 짐승들의 시간을 조롱하며
한 번으로도 서러운 생을 밤이면 밤마다 되씹는
그녀의 외로움을 어느 저승에 기록할까

별이 빛나는 밤

수많은 인파가 밀려들어도
그는 그 속에 없다
그는 지금껏 길을 잃는 게
뭇별을 세는 것보다 어려웠으나
더는 돌아갈 집이 없어서
국가와 세금과 감옥을 견디었다
수많은 인파가 밀려 나가도
그는 그 속에 없다
그는 애초에 알지 못할 땐
어디든 떠날 수 있었으나
더는 떠나갈 다음 곳이 없어서
유통 기한 넘긴 빵과 부랑을 씹는다
북부 초원의 장쾌한 바람 소리로
밀려드는 전동차도 잠든 밤,
그는 해와 달과 별과 구름 들이
온 천지에 서로 뒤엉키며
샛노란 찬란한 빛의
소용돌이를 일으키는 밤하늘로

검고 푸른 사이프러스나무가
미친 듯 치솟는
고흐의 그림을 펼쳐 든다
어느 휴지통에서 주워 냈는지 모를
별이 빛나는 밤, 그 아래 잠드는
꿈의 유목은 누구라도
귀 자른 고흐처럼 슬프리라

저 풍찬노숙의 나날

길가의 오락기에서 아무리 두들겨 대도
한사코 튀어나오는 두더지 대가리처럼
한사코 불쑥불쑥 튀어나오는
퇴행성 고독의 습관 같은 게 그를 홀로 세운다

기도할 수 있는데 왜 우느냐고 하지 말아라
울 수라도 있다면 왜 기도하겠느냐고
반문하는 데에도 지쳐 있다

더 이상 참을 만한 게 없는 생이
나를 참을 수 없게 한다던 랭보여
중대장의 명령 하나에 인분을 핥은 병사들의
굴욕 같은 생도 이미 참았으니

다만 오그라지고 우그러지고
말라비틀어진 과일 도사리 같은 것으로
그를 아무도 눈여기지 않는 곳에 홀로 세우는
저주받은 고독의 습관 같은 거라니,

아무것도 할 수 없고
아무것도 하고 싶지 않은
저 풍찬노숙의 나날을 누구에게 물을까

텅 빈 초상

산전수전 다 겪고 돌아와 이제는
요양원 마루 끝에 앉아서 텅 빈 눈을
먼 데 가까운 데 어디에도 두지 않는
노파의 무관심을 무엇이라고 부르랴
입 주변에 파리가 덕지덕지해도
이미 그 눈에 해골의 공허를 품은 채
인간으로부터 소원해져 버린
노파가 잃어버린 것은 무엇이랴
차라리 마음을 재같이나 만들 걸,
아무것도 보지 않는 노파의
이름 붙일 수 없는 눈을 포착하기 위해
이름 붙일 수 없는 것을 응시하는
나의 눈은 더는 구원받을 수 없으리라
세상과의 어떠한 교류도 차단하고
혼자만의 궁륭으로 떠나 버린 노파의
암전을 무엇이라고 이름 붙일까
생이 삶에게 베푼 마지막 공허를 누리는
노파 앞에서 안절부절, 나의 언어는

마치 한입 먹을거리를 주지 않을까 하고
알랑거리는 작은 애완견처럼
노파를 쏘아보고 쏘아볼 뿐인 것이다

목련의 꿈

아름다움은 더럽혀지려고 존재하는가
막 날아오르려는 흰 비둘기의 꿈도
순백의 웨딩드레스에 만개한 꽃의 노래도
티끌 한 점 없는 아름다움일 때라야
제대로 더럽혀질 수 있는 것인가
화사한 목련꽃은 이미 시들어 가고
목련꽃 그늘에서 베르테르의 편지를 읽자던
이제 막 대학에 들어간 아들은
느닷없이, 오늘 일어서지 못한다
아름다움을 더럽힌 후의 기쁨을 맛보려는
누군가의 지팡이에 일격을 당한 듯,
아름다움과 꿈이 크면 클수록
더럽혀지는 것도 그만큼 커진다는 듯,
건각의 아들은 오늘 차마 황망하다
배설물로 넘치는 도랑 위에 장미를 던지는
사드의 초상을 그렸던 바타유처럼
고통이 나의 성격을 엮은 건 사실이다
고통 없는 영혼은 없다는 것도 잘 안다

하지만 꿈의 건각이 생짜로 무너지는 건
어느 고통에게 달려가 항의할 일인가
그 고통이 나의 생으로만 다할 줄 알았던
꿈들이 하얗게 닫혀 버리는 이 봄날에
연두초록 번지는, 어느 한 잎인들 어찌 보랴

마지막 얼굴

갈아 놓은 땅의 고랑은 여러 길이다.
이제 물 들어오지 않는 논에
바람 칠 때마다 흙먼지가 이는데
아직도 새마을모자시던가?
흙먼지에 누렇게 바랜 건 모자만 아니라
그 아래 누렇다 못해 새까매진 얼굴의
주름 고랑도 여러 길이다. 하지만
이제 그는 어떤 길도 선택할 수 없고
어떻게든 모든 길은 사라진 지 오래다.
주먹을 부르르 쥐어 보지만
쭈글쭈글해진 호박 같은 주먹임에랴
땅을 박차고 일어서고 싶지만
헐렁해진 바짓단 속의 다리라기보다
흙먼지 속의 장화마저 빼내기 힘들 것 같다
그가 고집하는 논밭 앞에, 그의 고집을
쏙 뽑아 버릴 듯 고층아파트가 선 지 오래,
수확 못 해 썩는 배추처럼 거기 앉아서
그저 무엇을 기다린다는 것인가

더 이상 좋은 소식은 그만두고라도
소식이라면 다만 기다린다는 것인가
이제 그만 그저 기다리기만 할 뿐이던가

평범한 초상

한때 보통사람이 되고자 싶던
한 위정자에 의해
애써 보통사람이라고 불리었던
평범한 사람
마이크를 들이대면 언제나
우리 가족 건강하고 하는 일
이대로만 잘 풀렸으면 한다는
평범한 사람
이만큼 평범한 사람 되기도 힘들어
삶이 무척 고되기도 하겠지만
이런저런 생각할 필요는 없이
안 보이는 기표소에선 안정을 찍는
아주 평범한 사람
이런저런 생각으로
삶의 비밀을 조금은 알아채어서
그것을 조금만 털어놓으려 해도
수백 수천 포박꾼들의 올가미에
꿈속에서마저도 쫓기는

식은땀 흘리는 평범한 사람
그러기에 늘 좋은 게 좋은 거라고
생긴 대로, 삶 그 자체로 만족하자는
평범한, 행운의 사람
하지만 입 열지 않으면 하도나 괴로워
기어코 입을 열더니
잉꼬부부로 소문난 한 연예인 부부가
작년부터 이혼소송 중이라고
마치 제 일인 양 흥분하며
창 넓은 카페에서 그만 커피잔을
엎지르는 놀라운 사람

外人들의 노래

1

굶어 죽은 아이를 장롱 속에 감추었다가
오락가락하는 정신을 가진 그 아버지가
동회 직원에게 꺼내 놓는 날

대체로 누어족의 촌락에서는
모두 굶어 죽기 전까지는
아무도 굶어 죽지 않는다, 라는 구절을 읽는다
민중세계사라는 책에서였다

2

치료받지 못하고 죽은 어미를 방 안에 방치한 채
여섯 달 동안이나 함께 지낸 소년처럼
그 악취와 구더기를 견디며
가망 없는 사랑을 홀로 이룩한 소년처럼

긴긴 봄날 소쩍새 울음에 진저리치더니
이듬해 봄엔 끝내 잎을 피우지 않은
한 나무가 있었을 것이다

3

다 뺏기고 단 한 장 못 뺏긴 신문지를 덮고 누운
노숙자가 물 간 고등어처럼 발견되었다
어릴 적 오일장에 다녀오는 아버지의 손에 들린
신문지 속엔 늘 물 간 고등어가 들어 있었다

신문지에 싸인다는 건 그러므로 썩는다는 것
신문지에 연일 터지는 부정과 탐욕의 독기에 치여
물 간 고등어처럼 발견되고 만다는 것

고통의 독재

1

우리 고향 아주머니 한 분은, 여름 내내 땡볕에 익은 서방님 몸보신시키려고 싱싱한 낙지 안주에 소주 한잔도 마련했다가, 감나무 그늘도 싱싱한 평상 위에서 온몸을 비틀며 죽어 간 서방님을 보아야 했다. 꿈틀거리는 낙지 발이 기도에 붙는 바람에, 숨이 턱 막혀 죽어간 님 때문에, 온 마당을 떼굴떼굴 굴러야 했던 아주머니. 감나무 잎새는 마냥 살랑거렸다고 한다.

2

아랫말 아흔일곱 살 드신 할머니의 일흔두 살 자신 딸이 암으로 죽자, 역시 진갑을 바라보는 며느리가 시어머니를 위로하였다. "아이구 자리보전하시는 우리 어머님이나 돌아가실 일이제 고모가 어찌 먼저 가신당가요?" 그러자 귀만은 초롱초롱한 할머니가 듣고는 "아 지 년 지 명대로 살고 내사 내 명대로 사는 것인디 너 거 뭔 소리다냐, 너는 내가 죽었으면 그렇게 좋겄냐?"고 빽 질렀다 한다. 뒷문을 기웃거리던 참새가 후드득 날아갔겠지.

3
불행의 족적을 모두 춤으로 바꾸었던 조르바여
삶이란 근본적인 오류를 논하기 이전에 죽음으로도,
그리고 시의 세계로도 교정할 수 없는 저질취미에 속
한다지*.

* 에밀 시오랑, 『독설의 팡세』

나 저승 가서 헐 일 없으면

내 고향 읍내에서 오랫동안 한약방을 하며 사채놀이를 한 노인이 있었다. 한약방을 한 탓인지 아흔 살이 넘도록 장수를 한 그 노인은 죽기 사흘 전 일곱 자녀들을 죄다 불러다 놓고 分財記를 작성하게 한 다음, 마지막으로 장남을 시켜 다락방에 있는 금고에서 비밀장부 하나를 꺼내 오게 했다.

노인의 지시에 따라 펼쳐진 그 장부엔 그간 당신이 받지 못한 사채 내역과 외상약을 판 내용이 빼곡히 적혀 있었다. 노인은 자식들 모두가 보는 앞에서 큰아들에게 말했다.

"여기 기장한 돈을 다 받자 허면 기천만 원은 족히 될 것이네. 허나 이 장부는 마당에 나가 감나무 밑에서 태워 버리게. 나 저승 가서 헐 일 없으면 이 빚이나 받으러 댕겨야겠네. 내가 그이들 땜에 자네들헌티 내 재산을 물리는디, 애비의 업장까지 물려서야 쓰겠는가?"

노인이 죽고 채무자들이 빚을 갚으러 오자 아버지의 유지를 받들고자 한 큰아들이 그들에게 전해서 밖으로 흘러나온 이 말은 칠십 년대 내 고향 읍내에 쫙 회자됐었다. 한데 좋은 말은 오래 남는지 고향 가면 옛 한약방 감나무는 잎새들을 흔들어 아직도 그 노인의 유언을, 아직도 훈훈하게 전해 준다고 하는 것 아닌가.

수인번호 20140416

프랑스 작가 클로델은 영화감독 데뷔작인 「당신을 오랫동안 사랑했어요」에서 딱 한마디 대사로 悲絶慘絶이란 말에 육체를 부여한다.
"최악의 감옥은 자식의 죽음이야. 거기서 결코 빠져나오지 못하지."

시 삼백과 같은
다 큰 아이들 삼백을 수중혼으로 바친
어머니, 아버지 들의 감옥

어머니, 아버지 들은 스스로를 가두고
누구도 묻지 않는
죄 없는 죗값을 치른다
그 감옥에서 영영 출소라는 말을 지운다*

아이들의 뜨겁고 거친 숨결을 삼킨
팽목항의 뜨겁고 거친 파도여
이제는 예전의 파도가 아닌 파도여

이제는 영원히 멈추지도 못할 이 파도와 함께
어머니, 아버지의 시계는 되레
그날 그 시간으로 멈춰 있다

연애라도 한번 해보고 갔더라면— 원도 없을
빛나는 청춘들, 그 죽음의 감옥 속에
어머니, 아버지 각자가
최악으로
삼백의 자식들 모두를 울고 있다

* 강수미, 『비평의 이미지』

도철의 시간

　도철이란 고대 중국 때 제사그릇인 청동솥에 주조한
식인괴물이었는데 거칠고, 조잡하고, 사납고, 괴이하고,
흉악하고, 무시무시하게 생긴 것이렷다! 피와 불의 잔인,
야만, 공포의 위력을 과시코자 한 당시 지배자들의 象徵
紋이었으니, 이를 만든 자들은 巫史계급이었다나. 황제
이래 요순 시절을 지나 하, 은, 주 고대 중국으로 넘어오
며 차츰 노예, 국인, 귀족, 무사계급의 종법제가 이루어
지거니, 통치자들이 독점한 무사계급은 자기네의 권세
를 위해 '환상'과 '길조'를 꾸며 내는 이른바 제사장들이
었지. 사상가이기도 한 이들은 아주 큰 씨족 간의 합병
전과 그에 따른 잦은 육살, 노획, 탈취, 노예화를 찬하여
항용 나서길, 가령 『좌전』 성공 4년의 기록에서 보듯 "나
와 같은 族類가 아니면 그 마음이 반드시 다르다"라는
등의 생심을 끄집어내어 자기 씨족이 아니면 가차 없이
도륙했던 것. 거기에 무시무시한 상징문까지 조작해 내
어 그 이름으로 포로를 잡아 조상과 토템에게 무자비한
살과 피의 봉제사도 했음이니, 도철문은 솥만 아니라 술
잔과 병기 등에도 흔히 주조하여 한마디로 까볼면, 설령

씨족일지라도 도철로 하여금 죄다 삼켜 버리게 하겠다는
겁박이럇다!

그 도철이란 괴물이 4,000년도 더 지난 동방의 한 민
주지국에서 횡행한다는 것이니, 국가조작원의 간계로 뽑
혔다는 통령과 통령집단이 자기들에게 곤란하거나 불리
한 곤경에 처하게 되면 "나와 같은 족류가 아니면 그 마
음이 반드시 다르다"며 시시때때로 들고 나와 전가의 보
도처럼 휘둘러 대는 인간몰이의 병기, 이름 하여 '종북'
이라는 괴물로 변태했다는 소문이더라니!

그리움의 파란으로 일렁이는 시간

이숭원(문학평론가)

고재종의 시에 대해 사랑의 열변을 토한 지 20년 이상의 세월이 흘렀다. 나는 고재종의 세 번째 시집인 『사람의 등불』(1992)과 그 이후의 시편들을 주목하였다. 네 번째 시집인 『날랜 사랑』(1995), 다섯 번째 시집인 『앞강도 야위는 이 그리움』(1997) 등에 실린 다양한 시편을 열거하며 생동감 있고 활기 넘치는 「날랜 사랑」의 화법과 묵중하고 믿음직스러운 「면면함에 대하여」의 기품에 찬사를 보냈다. 그의 시에는 시를 멋있게 써 보겠다는 작위적 기법에 대한 탐닉이 없으며 신기를 추구하여 대중의 호기심을 끌어보려는 헛된 욕망이 없다고 말했다. 자연의 아름다움과 인간의 진실성을 최상의 언어 감도로 형상화해 내려는 시인의 전심 어린 노력으로 보일 뿐이라고 언급하고, 우리 주위에 지리멸렬하고 거짓된 시를 써 사람들 마음을 어지럽히는 시인들이 있다면 고재종의 시에서 새롭게 배우고 시의 바른 길로 돌아와야 할 것이라고 단언했다.

지금부터 십여 년 전에 낸 일곱 번째 시집 『쪽빛 문장』(2004)의 머리말에서는 시 창작과 생활 양면에 걸쳐 많은 고민을 하며 세계와 우주를 '독학'하는 처지에 있음을 고백하면서 자신의 고유한 목소리를 내려는 주체 탐색의 과정에 있음을 암시했다. 그로부터 십 년 이상의 시간이 흘러 이제 새로운 시집을 내게 되었다. 그동안 고재종 시인이 어떠한 모색의 도정과 체험의 내력을 거쳤는지 정확히 알지 못하지만 시집 머리에 실린 다음 시 한 편을 통해 그의 여로를 짐작할 수는 있다.

나무는 결가부좌를 튼 채 먼 곳을 보지 않는다
나무는 지그시 눈을 감고 제 안을 들여다보지 않는다

메마르고 긴 몸, 고즈넉이 무심한 침묵
나무는 햇살 속을 흐른다 바람은 나무를 관통한다

나무는 나무이다가 계절이다가 고독이다가 우주이다가
스스로 아무것도 아닌 나무이기에 나무이다

제 머리숲을 화들짝 열어 허공에 새를 쏘아 댄들
나무는 거기 그만한 물색의 한 그루 나무로 서 있다

이 시의 화자는 나무를 바라보고 있다. 화자와 대상이 서로 거리를 두고 있지만 그 관계는 일반적으로 주체가 대상을 관찰하는 양상과는 사뭇 다르다. 이 나무는 단순한 식물로서의 나무가 아니라 사람의 형질이 투영된 나무다. 그렇다고 해서 이 나무가 화자가 추구하는 정신의 어떤 경지를 비유한 것인가 하면 그렇지도 않다. 나무는 나무이되 단순한 나무가 아니라 시인이 사유한 나무다. 다시 말하면 시인이 자신의 눈으로 보고 자신의 마음으로 사유한 객체로서의 나무다. 그 나무는 인간이 아니고 분명히 나무라는 존재다.

제목이 구도자로 되어 있어서 '나무는 구도자다'라는 개념 은유에 축을 둔 것이라고 생각할지 모르는데 시인은 그런 고정된 틀을 처음부터 부정해 버렸다. 나무는 우리가 흔히 상상하는 구도자처럼 결가부좌를 하고 먼 곳을 응시하는 일이 없고 눈을 감고 내부를 관조하는 모습도 보이지 않는다. 나무는 그냥 나무로 있을 뿐이다. 메마르고 긴 나무의 모습은 그리 풍요로워 보이지 않는다. 나무가 말을 할 리 없으니 주위에는 침묵이 흐른다. 햇살이 비치고 바람이 분다. 햇살과 바람은 나무 주위에 가장 가까이 머무는 자연 현상이다. 사람의 경우로 말하면 가장 가까운 벗이라고 할 수 있다. 햇살이 나무 주위에 퍼져 있는 것을 시인은 "나무는 햇살 속을 흐른다"고 했고 바람이 나무를 스치는 것을 "바람은 나무를 관통한다"고 했다. 이것은 물론 시인의 상상이다. 문제는 이 상상이 왜 도출되었느냐 하는 점이다.

사람의 관점에서 볼 때 나무와 햇살과 바람은 분리된 사물이고 현상이다. 그러나 나무의 입장에서는 햇살과 바람이 자신과 분리된 것이 아니다. 나무는 햇살을 흡수하고 바람과 흡입한다. 그러한 수용과 융합의 과정을 통해 나무와 햇살과 바람은 하나가 된다. 나무가 햇살 속을 흐르고 바람이 나무 안으로 흐른다. 이것은 시인의 상상이지만 햇살과 바람이 나무의 일부나 다름없다는 생각을 하면 충분히 수납할 수 있는 상상이다. 햇살과 바람과 나무는 하나가 되어 흔들리고 한 몸으로 흐른다. 사람들은 나무를 보고 계절의 순환을 알고 고독의 표상을 발견하고 우주의 일원임을 알지만 사실 나무는 그냥 나무일 따름이다. 햇살과 바람을 소통하며 스스로 존재하는 나무일 뿐이다. 다른 무엇이 될 수 없는 독립적 존재다.

나무를 보고 구도자를 연상하는 것은 인간의 주관적 상상이다. 나무는 그저 한 그루 나무로 서서 때가 되면 꽃을 피우고 머리 위로 새를 쏘아 보내기도 하고 다시 때가 되면 나뭇잎을 땅에 떨구기도 하지만 이것은 모두 나무의 실존을 증명하는 생명 현상이다. 나무는 구도자가 아니라 햇살과 바람과 소통하며 계절의 순환에 따라 거기 맞는 모습을 드러내는 독립된 존재다. 요컨대 '구도자'라는 제목의 이 시는 '나무는 구도자가 아니다'라는 명제를 안고 있는 독특한 발상의 작품이다.

이것은 대상에 주관을 섞지 말고 가능한 한 있는 그대로 보자는 논리와 통한다. 이러한 사유가 다음 작품에도 그대로 이어지고 있음을 보면 시인의 오랜 사색 끝에 도달한 숙성의 소산을 짐작할 수 있다.

꽃을 꽃이라고 가만 불러 보면
눈앞에 이는
홍색 자색 연분홍 물결

꽃이 꽃이라서 가만 코에 대 보면
물큰, 향기는 알 수도 없이 해독된다

꽃 속에 번개가 있고
번개는 영영
찰나의 황홀을 각인하는데

꽃 핀 처녀들의 얼굴에서
오만 가지의 꽃들을 읽는 나의 난봉은

벌 나비가 먼저 알고

담 너머 大鵬도 다 아는 일이어서

나는 이미 난 길들의 지도를 버리고
하릴없는 꽃길에서는
꽃의 권력을 따른다

─「꽃의 권력」 전문

이 시도 꽃을 무엇에 비유하거나 다른 것의 표상으로 인식하는 태도를 부정하고 있다. 꽃은 꽃일 뿐이지 무엇의 대치물이 아니고 인간적 상관물의 표상도 아니다. 사람이 자신의 권력을 가지듯이 꽃은 자신의 독자적 존재성으로 자신의 권력을 행사한다. 꽃을 그냥 꽃으로 받아들일 때 꽃은 자신의 아름다운 색채의 물결을 순연하게 우리에게 드러내고 자신의 독특한 향기를 자연스럽게 퍼뜨린다. 꽃을 절개의 상징이나 순결의 표상으로 내세우는 것은 꽃의 독자성을 부정하는 것이요 인간의 관념을 억지로 투영한 결과다. 우리가 알 수 없는 생명의 경로 속에서 꽃은 번개 치는 위기의 상황도 보내고 황홀한 아름다움의 시간도 보냈을 것이다. 그러나 그것은 인간과는 무관한 꽃의 영역에 속하는 일이다. 나무가 햇살과 바람과 놀며 경계 없이 친화하던 앞의 맥락과 같은 것이다.

많은 꽃들이 다채롭게 피어 있는 꽃밭에서는 그것들의 다양한 빛과 향기를 그대로 받아들이면 된다. 그것이야말로 즐거운 난봉의 체험이다. 진정한 난봉은 꽃을 어떤 대리물의 표상으로 받아들이는 것이 아니라 모든 꽃을 각각의 개체로 받아들이는 것이다. 꽃밭의 꽃들은 각자의 특유한 모양과 색깔과 향기를 지니고 있기 때문이다. 이것을 시인은 꽃길에서 꽃의 권력을 따르는 것이라고 표현했다. 꽃의 권력을 따르기 위해서는 "이미 난 길들의 지도"를 버려야 한다. 정해진 선입견과 주관을 버려야 독립된 존재로서의 꽃의 미학을 제대로 감지할 수 있다. 나무를 독립된 자연의 존재로 파악할 때 나무와 햇살과 바람의 관계를 파악할 수 있는 것과 마찬가지 논리다. 정해진 고정관념에서 벗어나 꽃의 독자적 권리를 인정할 때 꽃 하나하나의 아름다움을 개별적으로 음미할 수 있는 황홀한 난봉의 행로가 열린다.

이것은 우리와 시인의 생에 어떠한 가치와 의미를 지니는가? 이 사실을 이해해야 고재종 시의 의의를 정확히 파악할 수 있을 것이다. 그리고 삶의 지향이나 전망을 논의하기 위해서는 우리가 살아가는 현실적 삶의 국면을 먼저 파악하는 일이 필요하다. 고재종의 시집에는 우울하고 참혹한 현실의 국면을 제시한 작품이 여러 편 있다. 정도의 차이는 있으나 「집」, 「길 위의 연대기」, 「황혼에 대하여」, 「산에 다녀왔다」, 「어머니의 집」, 「국외자」, 「화포별사」, 「텅 빈 초상」 등이 그러한 작품이다. 그중 가장 안타까운 장면을 극적으로 형상화한 작품을 예로 들어 시인이 인식한

현실의 국면이 어떠한가를 알아보겠다.

    산전수전 다 겪고 돌아와 이제는
    요양원 마루 끝에 앉아서 텅 빈 눈을
    먼 데 가까운 데 어디에도 두지 않는
    노파의 무관심을 무엇이라고 부르랴
    입 주변에 파리가 덕지덕지해도
    이미 그 눈에 해골의 공허를 품은 채
    인간으로부터 소원해져 버린
    노파가 잃어버린 것은 무엇이랴
    차라리 마음을 재같이나 만들 걸,
    아무것도 보지 않는 노파의
    이름 붙일 수 없는 눈을 포착하기 위해
    이름 붙일 수 없는 것을 응시하는
    나의 눈은 더는 구원받을 수 없으리라
    세상과의 어떠한 교류도 차단하고
    혼자만의 궁륭으로 떠나 버린 노파의
    암전을 무엇이라고 이름 붙일까
    생이 삶에게 베푼 마지막 공허를 누리는
    노파 앞에서 안절부절, 나의 언어는
    마치 한입 먹을거리를 주지 않을까 하고
    알랑거리는 작은 애완견처럼
    노파를 쏘아보고 쏘아볼 뿐인 것이다

이 시에 제시된 텅 빈 초상은 요양원에 입원해 있는 노파와 그 노파를 지켜보는 화자의 형상이다. 이 텅 빈 초상의 모습은 비단 요양원에서 마지막 삶을 보내는 노파의 공허한 삶을 나타내는 데 국한된 것이 아니라 우리 모두가 조우하게 되는 삶의 막장을 상징적으로 표현한 것이다. 우리 삶이 마지막에 봉착하는 무대가 바로 텅 빈 초상 그 자체인 것이다. 그러므로 이 시의 형상은 우리들 비루한 삶의 도달점을 상징적·압축적으로 표현한 것으로 이해해도 무리가 없다.

세상의 온갖 일을 다 거친 노파가 텅 빈 눈으로 무언가를 바라보고 있다. 입 주변에 파리가 달라붙어도 쫓지 못한 채 공허하게 앞만 응시하는 그 노파는 살아 있는 사람이다. 그 노파는 인간의 무엇을 잃어버렸기에 그렇게 공허한 눈길밖에 보내지 못하는 것일까? 인간에게서 무엇을 거두어 내면 저 공허의 궁륭에 도달한단 말인가? 공허한 노파의 눈을 바라보는 화자의 눈에도 구원의 가능성은 없어 보인다. 우리는 모두 속수무책 시간의 암전에 사로잡혀 무의미의 궁륭으로 빠져들고 있는 것이다. 노파가 할 수 있는 것이 아무것도 없듯 우리가 할 수 있는 일도 아무것이 없다. 우리는 무의 무대에 오른 허공의 배우일 뿐이다.

생각해 보면 사람이 죽음의 세계로 갈 때 의식의 암전

상태를 거치는 것이 일종의 은혜일 수도 있다. 또렷한 맨 정신으로 몸과 마음이 망가져 가는 것을 의식한다면 그것은 얼마나 고통스러울 것인가? 그러므로 생의 이법이 인간에게 베푸는 마지막 선물이 의식의 암전일지도 모른다. 그래도 화자인 나는 노파를 바라보며 안타까워하는 눈빛을 보낸다. 그래도 이분이 나를 알아보지 않을까, 내 이름을 부르지 않을까, 마지막 희망을 갖고 노파를 바라보는 화자의 모습은 마치 한입 먹을거리를 바라고 앞을 떠나지 못하는 애완견처럼 굴욕적이고 속돼 보인다. 그러나 그것이 인간의 삶인 걸 어찌할 것인가? 애처롭고 간절한 눈빛으로 노파 주위를 애완견처럼 맴돌며 잠깐 이루어질 소통의 순간을 무작정 기다리는 가족의 연민과 애련을 우리는 무시할 수 없다. 그 애련과 연민과 애상이 우리 운명의 초상이다.

그러면 이러한 초상을 지닌 삶의 국면 속에서 우리는 어떻게 살아야 하는가? 어떻게 살아야 그래도 비루한 삶의 바닥에 놓인 공허의 궁륭, 의식의 암전에 잠기지 않고 꽃의 권력을 정시하고 나무의 생태를 바로 대할 수 있는가? 존재의 매 순간 개별적 독자성을 지킨다 해도 저절로 다가오는 정신과 육체의 노쇠를 막을 방법은 없다. 그러나 정신의 차원에서 존재의 개별적 독자성의 자존을 지키는 길은 있을 것이다. 고재종은 그러한 고민과 모색을 몇 편의 작품에서 진지하게 시도해 보았다. 우리는 그의 시 「별의

음계」, 「물의 나라」, 「시간에 기대어」, 「황혼에 대하여」, 「버
터플라이피시」, 「崖月」 등을 면밀히 음미해야 한다. 거기
우리가 감득해야 할 비밀이 있기 때문이다.

마음이 경각에 닿을 듯
간절해지는 황혼 속
그대는 어쩌려고 사랑의 길을 질문하고
나는 지그시 눈을 먼 데 둔다.
붉새가 점점 밀감빛으로 묽어 가는
이런 아득한 때에
세상은 다 말해질 수 없는 것,
나는 다만 방금까지 앉아 울던 박새
떠난 가지가 바르르 떨리는 것하며
이제야 텃밭에서 우두둑 펴는
앞집 할머니의 새우등을 차마 견딜 뿐.
밝고 어둔 것이 서로 저미는
이런 박명의 순순함으로
뒷산 능선이 그 뒤의 능선에게
어둑어둑 저미어 안기는 것도 좋고
저만치 아기를 업고 오는 베트남여자가
함지박 위에 샛별을 인 것도 좀 보려니
그대는 질문의 애절함을
지우지도 않은 채로 이제 그대이고,

나는 들려오는 저녁 범종 소리나

어처구니 정자나무가 되는 것도 그러려니

이런 저녁, 시간이건 사랑이건

별들의 성좌로 저기 저렇게 싱싱해질 뿐

먼 데도 시방도 없이 세계의 밤이다.

-「황혼에 대하여」 전문

시인은 마음이 경각에 닿을 듯 황혼이 간절해진다고 했
다. 하루가 끝나 가는 시간이기에 짧은 시간의 흐름도 귀
중하게 여겨진 것이다. 하루가 끝나 가는 시간에 그대는
문득 사랑의 길을 질문하고 나는 대답을 하지 못한 채 먼
곳을 바라본다. 바로 다음의 일도 알 수 없는 황망한 시간
의 흐름 속에서 어떻게 사랑의 질문에 쉽게 답할 수 있겠
는가? 저 황황한 암전의 시간이 우리에게 닥치지 않는다
고 어떻게 장담할 수 있겠는가? 노을은 점점 붉어지고 하
루해는 저물어 간다. 대답의 시간은 얼마 남지 않았다. 그
러나 세상의 일을 모르는데, 사랑의 길에 대해 어떻게 감
히 말할 수 있겠는가? 앞을 바라보니 가지에 앉아 있던 박
새가 공중으로 날아가고 빈 가지만이 바르르 떨린다. 밭두
둑에는 늦도록 허리 굽혀 일하다가 이제 비로소 허리를 펴
는 할머니의 새우등이 보인다. 박새의 귀소와 할머니의 휴
식이 이어지고 낮과 밤이 교차되는 박명의 시간이다. 시간
은 이렇게 흐르고 하루는 이렇게 저물어 간다.

어둠이 깔리자 먼 뒤쪽 능선의 그늘이 앞의 능선 쪽으로 이어져 어둠에 안기는 듯한 느낌이 든다. 베트남에서 농촌으로 시집와 살아가는 여인도 하루 일을 끝내고 아기를 업고 돌아간다. 조금은 서글프지만 희망적으로 받아들일 만한 정경이다. 그 여인의 함지박에는 희망의 샛별이 담겨 있는 것 같다. 사랑의 길을 질문한 그대는 아직 나를 바라보고 있으나 나는 여전히 답변을 하지 못한 채 어둠의 시간을 지켜본다. 답변을 재촉하는 듯 어디선가 범종 소리 들리고, 우두망찰 먼 곳만 바라보는 침묵의 정경은 커다란 정자나무가 우두커니 서 있는 꼴을 연상시킨다. 어쩌면 그 범종 소리가 그대로 정자나무가 되는 것 같기도 하다. 그렇게 되면 청각과 시각이 겹치고 시간과 공간이 겹치는 느낌이 든다.

저녁 어두움의 시간은 흘러 사랑에 대한 대답은 하지 못했지만 별들이 무리로 하늘에 떠 싱싱한 어둠의 공간을 이룬다. 싱싱한 밤이 오니 사랑도 시간도 별의 빛남 속에 묻히는 것 같다. 이 세계의 밤은 공간과 시간을 넘어서서 영원히 이어질 것 같다. 먼 곳과 가까운 곳, 지금과 다음은 인간의 인위적 구분의 결과다. 시간이 이어지고 공간이 이어지듯 사랑도 그렇게 나뉨 없이 이어진다. 사랑의 길에 대해 대답은 못 하지만 시공의 연속 속에서 사랑은 지속된다. 그것을 시인은 범종 소리가 어처구니 정자나무가 된다고 표현했다. 시간과 공간의 구분이 없는 세계의 밤 속

에서 청각이 시각으로 바뀌듯 사랑은 별들의 성좌로 빛난
다. 그렇게 인간의 우주가 깊어 가는 것이다. 이러한 깊은
흐름의 이어짐을 몸과 마음으로 받아들일 때 우리는 삶의
황폐함이 몰아올 암전과 공허의 궁륭을 인간의 지혜로 예
비할 수 있을 것이다.

　강의 면목이라면 면면한 유수와 범람,
　강물 따라 걷는 마음은 넘치고 또 흐르네.
　보리숭어며 비오리 떼가 튀고
　창졸간의 갸륵한 것들이 좋이 울어도
　순간의 꽃보다는 이야기로 더 유장할 터,
　금결은결 반짝이는가 했더니 금세
　그리움의 파란으로 일렁이는 시간 아닌가.
　한때는 한도 없이 파닥거렸던
　강변 은백양 잎새와 첫사랑의 흑단머리는
　바람의 갈래 갈래로 흩어지고
　오늘은 강가에 퍼지는 라일락 향기,
　강섶을 일구는 고라니며 노인장과 함께
　또 무엇, 그 누구로 흘러드는 구름 떼라니!
　구름이 깊어지면 강물도 높아져서는
　서러움 밖의 그 무엇이라도 소환할 듯한 모색,
　서녘 놀이 비쳐 든 갈대밭 속의 연애 너머
　썩지 않고 들끓는 고독의 항성으로

내가 죽고 네가 사는, 그런 유정의

경계 같은 것들을 오늘도 추문하는 것이랴.

흐르는 강에 차마 가닿지 못하고

사소한 마음 하나에도 수만 물비늘을 뒤채는,

지금은 결락한 꿈의 시간에 기대어

제 물소리에 귀 기울이는 강의 명색이여.

—「시간에 기대어」 전문

  이번에는 강의 사유를 통해 면면한 시간의 흐름과 사랑
의 이어짐을 표현했다. 시인은 유수와 범람이 강의 면목이
라고 했다. 이것은 매우 중요한 발언이다. 강은 흐르는 것
이 본질인데 때로는 범람하여 흐름의 길에서 이탈하기도
한다. 강의 본질을 유수와 범람이라고 본 것은 인생의 과
정을 강의 흐름으로 파악한 결과다. 혹은 그 반대로 강의
흐름을 통해 인생의 과정을 표현한 것이다. 편안한 유수의
경로에서는 물고기가 놀고 물새가 튀며 금빛 은빛의 반짝
임도 영롱하게 일어나는 법이다. 그러나 시간이 변하면 첫
사랑의 순수함에 그리움의 파란이 일듯 강변 수풀이 바람
의 갈래로 흩어지고 어두운 구름이 향기를 가리는 혼몽의
시간이 오기도 한다. 구름이 깊어지면 물살도 높아져 서
러움을 넘어서는 그 무엇이 강물을 휩쓸기도 한다. 이러한
긍정과 부정의 양 측면을 거쳐서 강은 흐르고 우리는 세
상을 살아간다.

그러므로 우리는 삶과 죽음의 경계가 무엇이고 밝음과 어두움의 경계가 무엇이며 유수와 범람의 교차가 어디서 오는지 진지하게 탐문할 필요가 있다. 이 진지한 물음이 사실은 우리가 봉착하게 될 위기의 순간, 그 암전과 공허의 공포를 조금은 완화할 수 있는 정신의 표지가 되는 것이다. 시인은 마지막 대목에서 "사소한 마음 하나에도 수만 물비늘을 뒤채는" 섬세하고 파란 많은 강물의 모습을 보여 주었다. 이 강물의 모습이 삶의 모습이고 우리들 마음의 형상이다. 마음은 그렇게 예민하고 섬세하며 한편으로는 번민이 가득한 것이다.

그러한 번민과 파란의 행적 속에서 강물은 무엇을 하는가? "결락한 꿈의 시간에 기대어"라고 했다. 지금은 사라진 꿈의 시간을 다시 떠올리며 그 꿈의 시간에 기대어 오늘의 파란을 견딜 수밖에 없는 것이다. 어떻게 견디는가? "제 물소리에 귀 기울이는" 자세로 견디어야 한다. 이것이 오늘의 누추한 굴욕의 삶을 견디는 방식이다. 자신의 안에서 울리는 소리를 들을 줄 알아야 인간은 자신의 길을 찾을 수 있고 사랑의 길이 무엇인지 답변할 수 있다. 이것이 고재종이 오랜 진통과 고민과 사유의 과정을 거쳐 우리에게 제시하는 삶의 면목이다. 그가 고심하여 얻어 낸 인생의 황금률이다. 시간에 기대어 얻어 낸 알찬 사색의 열매에 우리는 마땅히 경의를 표해야 할 것이다. 그 귀한 진실이 담겨 있는 마지막 네 행을 다시 제시하고 그 뜻을 새롭

게 음미하며 오랜 공백을 깨고 출간하는 고재종 시집에 부
치는 마음의 헌사를 여기서 마치기로 한다.

흐르는 강에 차마 가닿지 못하고
사소한 마음 하나에도 수만 물비늘을 뒤채는,
지금은 결락한 꿈의 시간에 기대어
제 물소리에 귀 기울이는 강의 명색이여.

시인수첩 시인선 006
꽃의 권력

ⓒ 고재종, 2017

초판 1쇄 발행 2017년 8월 31일
초판 4쇄 발행 2020년 11월 20일

지은이 | 고재종
발행인 | 강봉자·김은경

펴낸곳 | (주)문학수첩
주   소 | 경기도 파주시 회동길 192(문발동 513-10) 출판문화단지
전   화 | 031-955-4445(대표번호), 4503(편집부)
팩   스 | 031-955-4455
등   록 | 1991년 11월 27일 제16-482호

홈페이지 | www.moonhak.co.kr
블로그 | blog.naver.com/moonhak91
이메일 | moonhak@moonhak.co.kr

ISBN 978-89-8392-666-1 03810

「이 도서의 국립중앙도서관 출판예정도서목록(CIP)은 서지정보유통지원시스템
홈페이지(http://seoji.nl.go.kr)와 국가자료공동목록시스템(http://www.nl.go.kr/
kolisnet)에서 이용하실 수 있습니다.(CIP제어번호: CIP2017019822)」

* 파본은 구매처에서 바꾸어 드립니다.